AF467030

LE POUVOIR
DE L'HARMONIE.
POEME LYRIQUE.

LE POUVOIR

DE L'HARMONIE.

POËME LYRIQUE.

PAR M. DORAT.

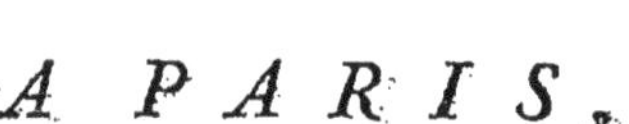

A PARIS,

DE L'IMPRIMERIE DE MICHEL LAMBERT.

Chez MONORY, Libraire de S. A. S. Monſeigneur le Prince DE CONDÉ, rue de la Comédie Françoiſe.

M. DCC. LXXIV.

Toutes les Pièces détachées du même Auteur, feront imprimées fur le même papier, & des mêmes format & caractère. Le Libraire fe propofe d'en former des Collections, dont il y aura un petit nombre en papier d'Hollande.

DEPUIS que l'on écrit des Odes, je ne crois pas qu'il en ait paru de comparables (du moins par le ſujet) à celle de Dryden ſur le pouvoir de la Muſique.

C'eſt-là que l'enthouſiaſme étincelle, & que ſe déploient toutes les reſſources d'une imagination vraiment enflammée. C'eſt-là que les écarts ſont motivés, que l'accent des paſſions ſe fait entendre, que tout eſt brûlant de la flamme du génie.

En effet, quelle admirable idée que d'eſſayer, en quelque ſorte, toutes les forces de l'harmonie ſur l'ame d'un Héros, que l'on fait obéir aux différentes impreſſions que l'art des ſons & la connoiſſance des accords peuvent enfanter !

Je me ſuis toujours étonné que le Poëme de Dryden n'ait point encore fourni un ſujet aux Amateurs de notre ſcène lyrique *. Quelle vie répandroit ſur un pareil tableau la Muſique imitative, pittoreſque, éloquente & dramatique du Chevalier *Gluk* ! Quels paſſages multipliés & naturels d'un mode à un autre!

Les gémiſſemens de la plainte, les cris de la colère, les ſanglots de la douleur, les ſoupirs de l'amour, les bruits de guerre, le tumulte des armes, & les molles inflexions de la volupté, tout y trouveroit ſa place, tout reſpireroit ſous les doigts créateurs du nouvel Orphée.

Ce ſont des tableaux qu'il faut aux Muſiciens, & ce ſont, le plus ſouvent, des mots qu'on leur donne. Auſſi ne rendent-ils, en échange, que des ſons froids & indéterminés. Tout, dans la Muſique comme dans la Poëſie, doit être peinture ou ſentiment. Malheur au Poëte lyrique qui n'eſt point paſſionné, & au Muſicien qui ſe traîne après lui ! ce double

* Ce tableau eſt digne du pinceau noble & gracieux de l'Auteur d'Adèle.

mécanifme & de notes & de rimes n'eft qu'un double ennui pour le public.

L'imitation que je rifque de l'Ouvrage Anglois eft abfolument libre. J'ai pris le fujet, mais je l'ai traité fans m'affervir aux détails. Quel travail humiliant que celui d'un malheureux Copifte qui, n'ofant jamais penfer, lutte fans ceffe contre la penfée d'autrui! Les Traducteurs fervi-les, (& ils le font prefque tous), éteig-nent toujours l'ame de leur modèle *. Pour bien traduire, il faudroit créer.

On a critiqué la mefure de l'Ode du *Nouveau Règne*, parce qu'elle étoit de douze vers; on a blâmé celle de l'*Inoculation*, parce qu'elle n'étoit que de fix : ici j'ai adopté toutes les mefures; tous les Cenfeurs auront de quoi s'exer-cer.

---

* Le Public exceptera avec juftice plufieurs tra-ductions modernes, fur-tout celle de M. du Saulx. Il a confervé, autant qu'il étoit poffible, l'ame, l'énergie & la verve fougueufe de fon original.

D'ailleurs j'ai penſé que la variété des rhythmes convenoit parfaitement à l'ouvrage, & repréſenteroit mieux les modulations ſucceſſives de l'Art qu'il célèbre. La marche régulière & ſymétriſée de nos Odes ſoi-diſant Pindariques, ne s'adapte ni au caractère du genre, ni aux nuances inépuiſables de la mélodie, auſſi féconde que le ſentiment même dont elle émane.

LE POUVOIR

DE L'HARMONIE.

POEME LYRIQUE.

SOUS un pavillon d'or, ALEXANDRE vainqueur,
Dans une Fête magnifique,
Déployant des plaisirs la pompe pacifique,
Aux charmes du repos abandonnoit son cœur.
Le Héros tel qu'un Dieu raïonne.
Des fleurs & des lauriers composent sa Couronne;
Les Vaincus cherchent son appui,
Son front annonce la clémence,
Et ses Courtisans en silence
Se sont rangés autour de lui.

THAÏS, à ſes côtés, eſt ſemblable à l'Aurore,
Quand de ſon doux éclat l'horizon ſe décore.
De ſes jeunes attraits les regards ſont frappés,
Et ſon tendre ſourire, envié des plus Belles,
Soumet les cœurs rebelles
A ſes yeux échappés.

L'ŒIL étincelant du délire
Qui preſſe & tourmente ſon ſein,
Timothée a touché la lyre,
Tout reſſent ſon pouvoir divin.
Il s'agite, il menace, il tonne.
Le chœur des Muses l'environne
Dans un muet recueillement.
Sa cadence lente ou preſſée,
Devient l'écho de la penſée,
Ou l'organe du ſentiment.

DANS ſes premiers accords il peint l'Amant d'Alcmène
Dont ſur les vaſtes cieux le regard ſe promène;

Tantôt il eſt armé de ſes carreaux brûlants ;
Il vole, ſoutenu ſur ſon aigle intrépide,
Et tantôt, d'une Nymphe adorateur timide,
Il fait taire autour d'elle & la foudre & les vents.

Sous la pourpre & l'or mobile
D'un ſerpent audacieux,
Il lève une tête agile ;
L'éclair brille dans ſes yeux.
Bravant l'importun reproche,
D'Olympias il s'approche *,
L'enlace amoureuſement :
Un triple dard la dévore,
Et ſa bouche ſe colore
Des feux d'un nouvel Amant.

Mais déjà dans le ſein de la Beauté qu'il aime,
L'Immortel a gravé l'image de lui-même.

---

* Mère d'Aléxandre, aimée de Jupiter ſous la forme d'un Serpent.

Ainſi le Chantre ému célébroit leurs transports ;
Il conſacroit du Dieu les ardeurs renaiſſantes,
Et par de longs éclats les voûtes frémiſſantes
Répétoient ſes accords.

LA CYMBALE ſonne,
Le pampre verdit,
Le hautbois réſonne.
Autour d'une tonne
Où le vin bouillonne,
L'Égypan bondit.

LE TYGRE infidèle,
En leſſes de fleurs,
A pour conducteurs
Les Amours trompeurs,
Dont le pas chancelle,
Au gré des vapeurs
Du Fils de Sémèle.

S'ARMANT de flambeaux,
La folle Bacchante,
Agile & bruyante
Descend des côteaux.

HUMIDES d'ivresse
Ses yeux tour-à-tour,
Peignent l'alégresse,
Le trouble & l'amour.

LE brûlant Satyre
Qui bientôt l'atteint,
Enflamme son teint
Du feu qui l'inspire.
Leurs cris confondus
Font trembler la plaine;
Tous deux hors d'haleine
Tombent éperdus
Aux pieds de Silène,
Bégayant à peine
Une Hymne à Bacchus.

O PUISSANCE de l'harmonie!
C'eſt lui-même ; il paroît : c'eſt ÉVAN plus ſerein:
L'Amour naît de ſes jeux ; la joie eſt ſon génie,
La coupe des plaiſirs étincelle en ſa main.
Érigone s'y déſaltère ;
Elle y boit le nectar des Dieux,
Et le feſton du même lierre
Au fond du même char les enchaîne tous deux.

QU'ENTENDS-JE ? Tout-à-coup le divin Timothée
Exhalant avec art les ſons de la terreur,
Du Dieu des Conquérans exprime la fureur ;
Il le peint triomphant du rebelle Penthée ;
Imprimant une ſainte horreur
A la Nature épouvantée,
Aux rives de l'Indus plantant ſes étendards,
Oſant ſuivre de Mars les fougues imprudentes,
Et pouſſant, l'œil en feu, ſes panthères ardentes
Sur les corps palpitans de cent monſtres épars *.

* Bacchus combattit les Géans.

Du Héros les regards s'allument;
Il entend hennir les courſiers;
D'Arbelle il voit les champs qui fument
Du ſang d'innombrables Guerriers.
Au cri de l'Honneur qui murmure,
Il cherche, il ſaiſit ſon armure,
Se tranſporte aux plaines d'Iſſus;
Et, dans des tourbillons de poudre,
Il croit encor lancer la foudre
Dont il écraſa les vaincus.

Tandis que défiant le Ciel, l'Onde & la Terre,
Il s'abandonne aux horreurs de la guerre
Et du carnage dévorant:
Traînant les tons plaintifs d'une lente harmonie
Le Chantre, par dégrés, déſarme la furie
Et la fierté du Conquérant.

VOIS DARIUS ſur la pouſſière
Triſtement étendu, reſpirant à demi;
Il tombe, &, pour fermer ſa mourante paupière,
Il n'a pas un ami.

IL TOMBE de ce trône antique,
Élevé juſqu'aux Cieux par l'orgueil des Perſans,
Et le ſombre écho du Granique
Prolonge de la mort les lugubres accens.

D'UN PRINCE infortuné la famille tremblante
Le redemande en vain par ſes cris douloureux,
Et vient envelopper d'une pourpre ſanglante
Ses reſtes malheureux.

ÉMU par ces accords funèbres,
Son Vainqueur triſte & gémiſſant,
Se croit entouré de ténèbres
Sur ſon Trône reſplendiſſant.
Sur les drapeaux de la Victoire
Il déteſte, il maudit ſa gloire;
Du Sort il déplore les jeux:

On éloigne, on souſtrait ſes armes,
Et l'on voit les premières larmes
Couler, malgré lui, de ſes yeux.

A L'AMOUR la pitié nous mène.
Le nouvel Amphion, d'une ſavante main,
Imite avec plus d'art la voix d'une Sirène,
Invitant à jouir le Héros plus humain.

GRAND PRINCE, conſolons la Terre,
La Volupté t'ouvre les bras :
Je la vois dans ſes doux combats
Éteindre, en riant, ton tonnerre.
La Gloire, idole de la Terre,
Eſt l'ombre qu'on ne peut ſaiſir ;
Et tous les lauriers de la guerre
Ne valent pas un myrte du Plaiſir.

Ô TRANSPORT! ô bonheur! le ſuperbe Alexandre,
L'œil ſerein, le cœur enchanté,
Vers la jeune Thaïs tourne un regard plus tendre,
Et tombe, en ſoupirant, aux pieds de la Beauté.

DE LA BEAUTÉ qui le careſſe
Il ſavoure à longs traits le charme ſéducteur;
L'Amant eſt couronné des mains de la Molleſſe,
Il ſemble importuné des palmes du Vainqueur.
Sous des roſes l'Amour cache ce cimeterre,
La terreur du monde alarmé;
Et le Fils de Philippe, adouci, déſarmé,
Sur le ſein de Thaïs languiſſamment préfère,
A l'orgueil d'être craint, le bonheur d'être aimé.

AUX ARMES, aux armes!
Les Grecs égorgés
Ne ſont pas vengés:
Aux armes, aux armes!

DANS ces triſtes champs,
Vaſtes ſépultures,
Compte les bleſſures
De ces corps ſanglans.
Vois les Euménides
Sortir des tombeaux;
Vois de leurs flambeaux
Les lueurs livides;
Vois leurs bras fumans
De cent parricides,
Te ſervir de guides
Aux embraſemens.
Vas, que leurs exemples
Raniment tes ſens!
Cours brûler les Temples
Du Dieu des Perſans.

L'ART commande, il triomphe; Alexandre s'éveille.
Il ſe croit rappelé du ſommeil de la mort.
Eh quoi! dit-il, ma vengeance ſommeille?
Il n'écoute, à ces mots, qu'un farouche transport.

Il frémit, il vole, il s'élance:
Le clairon retentit, le trône est renversé;
Et le Peuple, absorbé dans un morne silence,
Craint, hésite, pâlit, & s'enfuit dispersé.

D'UNE MAIN sanglante & hardie,
Parmi des cris tumultueux,
Le Souverain impétueux,
Agite des flambeaux & répand l'incendie.
Tremble, Persépolis; crains ce Mortel fougueux.
Sombre, échevelée, hors d'haleine,
Donnant l'affreux signal de la rébellion,
Thaïs même le suit, &, comme une autre Hélène,
Voudroit lancer les feux sur un autre Ilion.

Lu & approuvé à Paris, ce 23 Juillet 1774. MARIN.
Vu l'Approbation, permis d'impr. ce 24 Juillet 1774.
DE SARTINE.

www.ingramcontent.com/pod-product-compliance
Ingram Content Group UK Ltd.
Pitfield, Milton Keynes, MK11 3LW, UK
UKHW020446220726
13923UKWH00005B/2377